笑いあり、
しみじみあり

シルバー川柳

光るジジババ編

みやぎシルバーネット＋河出書房新社編集部 編

河出書房新社

本書は、宮城県仙台市で発行されている高齢者向けフリーペーパー『みやぎシルバーネット』に連載の「シルバー川柳」への投稿作品、および河出書房新社編集部あてに投稿された作品から構成されました。

投稿者はみな、六〇歳以上のシニアの方々です。『みやぎシルバーネット』への投稿者の多くは仙台圏在住の方ですが、それ以外の地方から投稿されている方もいます。また河出書房新社編集部へは、全国の皆さんが川柳をお寄せくださっています。なお作者の年齢は、投稿当時の年齢を記載しております。

ボケじゃない 冷やし眼鏡は 気持ちいい

古宮孝一（63歳）

義歯入れた
ほほふっくらで
若くなり

白鳥三代子（70歳）

ピチピチの
肌再生に
金を積む

鈴木宏子（76歳）

なめた飴《あめ》
口からこぼれ
ブローチに

平野洋子（71歳）

ババだって
ミニスカートの
頃あった

松山敬子（83歳）

手術後の
復活告げる
放屁の音《ね》

どこ行った
便座でなごむ
爺《じい》見っけ

2句とも、岡本幸子（82歳）

キャーやったー
骨密度アップ
煮干し様

文屋文江（70歳）

「カンパ〜イ？」
三姉妹《ばば》存命
グラス上げ

石田文子（80歳）

初春に
お出かけウイッグ
お洒落《しゃれ》な婆《ばば》

渡邊美奈子（86歳）

セットした
髪を寝《ね》癖《ぐせ》と
間違われ

狩野やす子（84歳）

美人では
無いがオーラを
放つ女《ひと》

加藤憲雄（79歳）

婆《ばあ》バレエ
教える先生
我慢づよ！

中野都（71歳）

おそわれる
それはないなと
失礼な

高橋えみ子（72歳）

顔のシミ
雨《う》後《ご》の筍《たけのこ》
どないしょ！

鈴木ひろ子（73歳）

久しぶり
綴《つづ》った手紙に
涙跡《なみだあと》

庄司宗吉（88歳）

ひらがなの
母の手紙が
柔らかい

澤田石廣道（71歳）

胆《たん》石《せき》も
磨けば光る
二カラット

久保山佳明（82歳）

俺はなぁ
切腹手術
生き返る

久保山佳明（82歳）

もう一度
元気になりたい
有り金はたく

唐沢孝子（89歳）

ハイカラな料理より昭和のおでんがいい

山内峯子（93歳）

百均で
整う終活
ワンルーム

及川征海（83歳）

終活で
ブラジャーも捨て
身も軽く

及川光子（80歳）

じい終活
ばあ推《お》し活《かつ》で
忙しい

桜井てい子（72歳）

絵手紙を
見てもらいたく
額に入れ

天野ハル（91歳）

おしっこが
一《いっ》気《き》にいっぱい
出る幸せ

渡部眞由美（75歳）

プチ粗《そ》相《そう》
笑い話で
すり抜ける

衣鳩智恵子（78歳）

結果良し
途端に食欲
わいてくる

門奈雅子（83歳）

特集　加齢もいとおかし

歳をとるっていいことばかりじゃないけれど、
よく考えてみたらなんか愛おしく、
視点を変えたらちょっと愉快ですらある！
そんな日常をうたった句を。

私よね
鏡にそっと
問うてみる

大池静恵（80歳）

誰だっけ
そうか昔の
マドンナだ

有元克英（86歳）

ないないと
背にリュック
騒ぐばあちゃん

小野寺みつこ（78歳）

見あたらぬ
物がなくなりゃ
他人《ひと》のせい

衣鳩智恵子（77歳）

携帯は
いつもほとんど
不携帯

有元克英（86歳）

バスの中
鈴つき杖《つえ》で
席ゲット

芦立冨見代（87歳）

推し活も
三日で変わる
ババ心

柏崎英子（83歳）

ガクガクと
膝が震えて
フラメンコ

甲斐義廣（74歳）

バロメーター
横断歩道
渡れるか

押川地久子（80歳）

万歩計
よろけつまづき
数のうち

白木幸典（94歳）

ピンボケが
良いと思える
ＯＢ会

伊藤由美子（63歳）

まあいいや
九十すぎれば
目も寿命

尾崎サカエ（92歳）

「無理するな」
無理をしないと
動けない

宮入健二郎（85歳）

憧れの
無職の生活
謳《おう》歌《か》する

小林功（79歳）

ジャズフェスで
聴いて奏《かな》でて
老い知らず

結城勝子（79歳）

ホーム友
待った待ったの
へぼマージャン

佐藤碩子（82歳）

メールから
手紙に替えて
ペン習字

今野美智子（80歳）

この歳《とし》で
やりたいことが
多すぎる

林 茂男（72歳）

退職後
第二の人生
ジム通い

橋本充正（72歳）

80で
ピアノ習うも
メチャ楽し

加藤襄（80歳）

一人鍋
辛《から》味《み》をきかせ
気力出す

小林みつ子（95歳）

驚いた
化粧男子に
孫もなる

板倉ミナ子（83歳）

「負けるが勝ち」
孫に違うと
諭《さと》される

中田利幸（71歳）

孫に聞く
いいの悪いの
「超やばい」

島田正美（75歳）

長寿国
紙オムツして
孫を抱き

佐藤ふさ子（72歳）

あれよあれ
孫の成長
竹の子似

石山寅次郎（84歳）

一年で
孫は駆け出し
バァ杖を突き

桜井ていこ（72歳）

ババ旅に
付き添う姪《めい》は
日給制

石田文子（80歳）

染めていた
婆《ばば》が白髪に
孫おどろく

町田猶子（94歳）

抱っこした孫
百八十センチ
見下ろされ

唐沢孝子（89歳）

耳検査　検査前から　早押しを

池田 昇（72歳）

身構えて
手に汗握る
歯の掃除

守永京子（75歳）

ママぽつり
私ゃ〜まるで
じじシッター

刑事ドラマ
良いママ・良い店
うらやまし

「大人」とは
じじいババアの
丁《てい》寧《ねい》語《ご》

散財をした
翌日の
死んだふり

4句とも、中沢民雄（71歳）

女ざかり
ムード歌謡に
酔った夜も

衣鳩智恵子（78歳）

酒は癒《い》やし
医師の忠告
アッカンベー

伊藤みよ子（71歳）

爺《じい》が逝《い》き
さあもう誰にも
邪魔させん

清水 潤（71歳）

薄暗い
洗面所が好き
紅《べに》を引く

死に顔に
眉を書いてと
遺言す

2句とも、佐藤扶佐子（73歳）

生き抜いた
チビデブブスで
八十年

五十嵐かつ江（80歳）

ヘルパーよ
若い男いないの
すぐ来てネ

山岸文子（80歳）

助け合い
病んでる友の
草退治

福島喜栄子（77歳）

自宅前
ポスト移設
手紙書く

伊藤利子（73歳）

居ましたか？
急に寄られて
困る家

梅田真繁（86歳）

気が付けば
全室物置化
どうしよう

波多野旬子（72歳）

レントゲン
俺の浮気を
見付けたか

斉藤勝昭（81歳）

年下の
可愛い彼女は
七十二

甲斐義廣（74歳）

惚《ほ》れるなよ
背も毛も金も
ない俺に

加藤憲雄（79歳）

マドンナ手
握りトキメキ
ダンスタイム

庄子春吉（81歳）

よろめいて
振りほどかれた
握った手

村田稔（71歳）

柔道で
鍛《きた》えた俺が
何故転ぶ

太田一義（86歳）

マッサージ
何よりつらい
屁の我慢

大友寛子（87歳）

爺《じい》おなら
大きな音に
ネコにげる

金田綾子（86歳）

あっ！放屁《おなら》
団地静かで
音消えず

加藤信子（75歳）

一人屁
息みが過ぎて
お洗濯

栗栖三男（87歳）

外食に
誘われ代金
生前贈与

岡本頴子（83歳）

断捨離で
これ要《い》る・捨てるで
娘《こ》と揉《も》める

横尾千枝子（86歳）

墓要《い》らぬ
娘に言えば
「助かるわ」

酒井三千枝（77歳）

補聴器が
直りケンカが
ぶり返す

大鍋の
カレーが告げる
妻旅行

2句とも、島田正美（75歳）

一週間カレーとシチューと一人鍋

柏崎英子（83歳）

退院を
せがんで娘に
言えと云《い》う

戸の隙間《すきま》
帰る娘の
姿追い

2句とも、松本京子（91歳）

おじさんに
なっても我が子は
我が子だよ

門奈雅子（83歳）

かなうなら
昔の家族と
一日を

阿部清子（84歳）

果物のコーナー巡ってまたバナナ

坂部宏子（83歳）

野の花も
草も食べたい
物価高

三浦多か子（77歳）

同窓会
男子皆《みな》爺《じい》
どうしよう会

女性陣
話弾《はず》んだ
同騒会

2句とも、守永京子（75歳）

同窓会
昔の悪が
市議会長

板倉ミナ子（83歳）

同窓会
行かねば噂《うわさ》で
ハスの花

衣鳩智恵子（78歳）

同窓会
眉キリキリと
ルージュ引く

岡本幸子（81歳）

傘《さん》寿《じゅ》会《かい》
シングル同士
恋点火

庄子春吉（81歳）

参加者が
急減八《や》十《そ》路《じ》の
クラス会

小関 恭（83歳）

湿布薬
皮まで剥《は》げそな
痛さかな

岩谷直子（73歳）

目薬が
出ないと騒ぎ
フタしてる

中川廣海（73歳）

「ねばならぬ」が
だんだん減って
生《い》き易《やす》し

木下隆介（86歳）

婆《ばば》の鼻
管に繋《つな》がれ
牛になる

あの世行き
名医が婆を
引き戻す

2句とも、吉田千秋（93歳）

検査など
いらぬ知らない
ままでいい

今井慶子（89歳）

人生は
渋柿《しぶがき》甘柿《あまがき》
干柿《ほしがき》に！

大友寛子（87歳）

カフェラテと
焼き芋で
いい誕生日

今井慶子（89歳）

「永遠に！」と
免許返納
しない母

片倉陽子（72歳）

わかったの？
語尾が高いと
腹が立つ

渡部敬三（73歳）

予定外
大人になっても
手がかかる

小原秋子（84歳）

九〇歳以上の川柳の部屋

～あっぱれ！人生の大先輩～

今巻の句掲載シルバー、
最高齢は一〇一歳！
「都々逸で孫を寝かしつけ」
「秋の夜長に漫画本を愛読」……
人生の先達たちの暮らしの句に
元気が湧き出ます。

曾《ひ》孫《まご》来る
年の差九十
元気出る

町田猶子（94歳）

都《ど》々《ど》逸《いつ》で
ばあちゃん孫を
寝かしつけ

山内峯子（93歳）

人生は
七転びして
立ち上がれ

霜越千鶴子（97歳）

生きるとは
無学な母が
恩師です

宮脇和恵（97歳）

デイの君《きみ》
今日も会えるかと
胸高まり

百合草江つ子（101歳）

まだ若い
これからこれから
これからだ

木村 忍（90歳）

炊飯器
予約頼んで
あたま撫《な》で

尾崎サカエ（92歳）

一日一善
小さな宝
積んでます

高橋知杏（94歳）

九〇歳以上の川柳の部屋

～あっぱれ！人生の大先輩～

ひとり居《い》の
ベッドに端《たん》坐《ざ》
月見かな

齋藤美江（90歳）

秋深し
読書してます
マンガ本

志鎌清治（97歳）

夏つばめ
仲良く今日も
嬉《うれ》しいな

西沢周子（100歳）

婆《ばあ》どこへ？
行くとこないよ
トイレです

尾崎サカエ（92歳）

ころばない
それが私の
生きる術《すべ》

岩見弥生（95歳）

足の爪
なんとか届く
空腹時

村田 稔（71歳）

預貯金と
筋肉減るが
脂肪増

飯島正子（72歳）

恋女房
50年経《た》てば
肥女房

近藤圭介（70歳）

お腹《なか》すく
たびに感じる
生きている

中尾美恵子（76歳）

痛む腰
シップで描く
抽象画

南田順子（67歳）

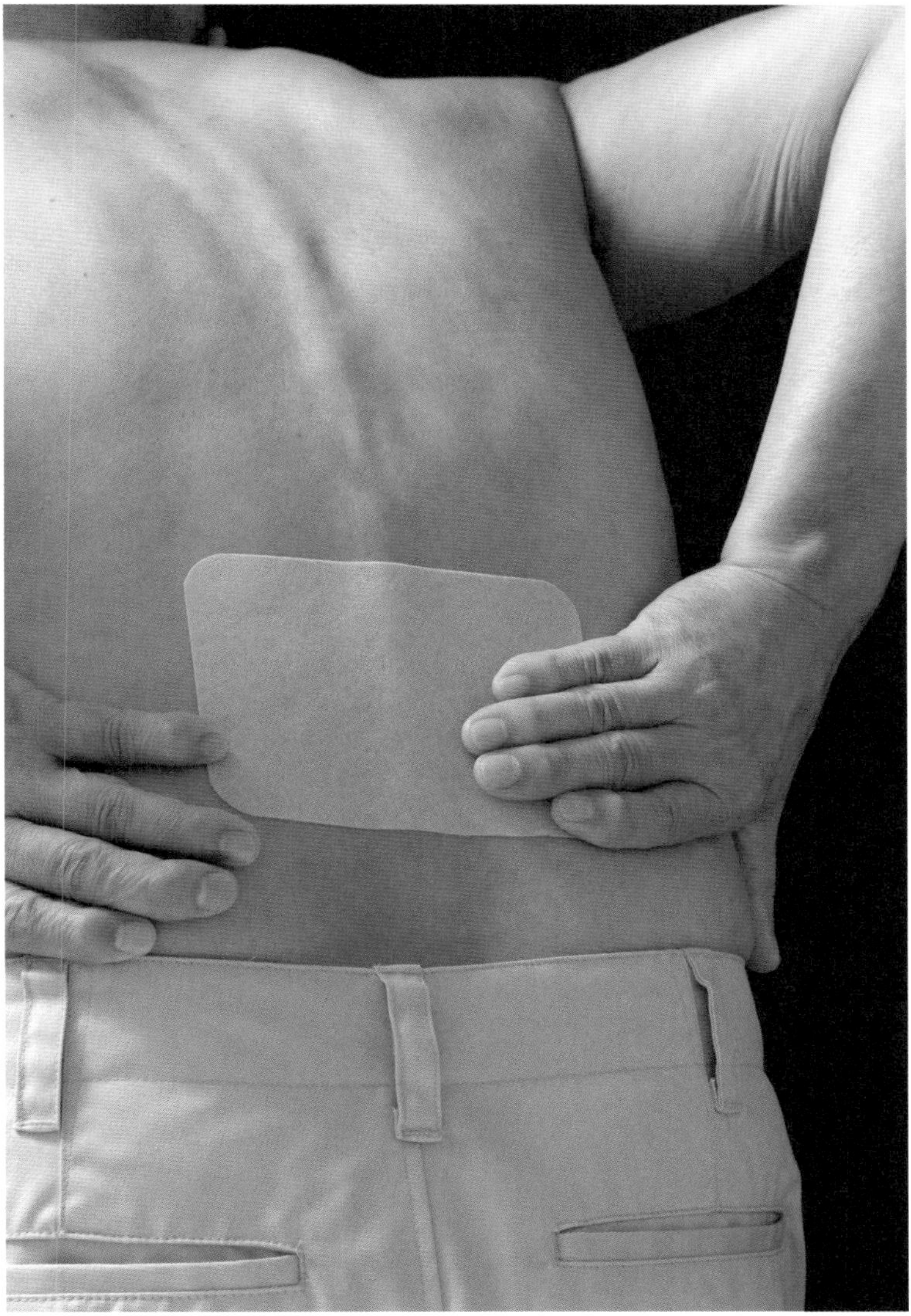

ゴミ出しも
身なり気にする
元教師

池田 昇（72歳）

夫の顔
昔アラン・ドロン
今《いま》毛がドロン

保志 豊（73歳）

皆デイへ
俺は元気で
独りぼっち

中田利幸（71歳）

職業を
家事見習いと
言っておく

餘目忠吉（87歳）

加賀自慢
美味しさ一級
海鮮も

浜村一枝（81歳）

新米に
タラコ・スジコで
あ～幸せ

浅利桂子（79歳）

忘れたの
結婚式で
誓《ちか》ったよね

佐藤洋子（80歳）

妻ブツブツ
俺の前だけ
念仏か？

中田利幸（71歳）

永久《とわ》の愛
誓った指輪
おたからや

叶 芳雄（75歳）

介護にて
つかれた妻に
おはぎ出す

三浦敏郎（82歳）

そうだニャア
傾《けい》聴《ちょう》上手の
愛《あい》猫《びょう》ね

波多野旬子（72歳）

歳なんぼ
スノボ挑戦
アザだらけ

浅利勝志（83歳）

ころばぬよう
下見て歩き
柱にゴン！

浅利桂子（79歳）

タクアンを
100まで食べたい
歯医者どの

浅利勝志（83歳）

爺さんは
長生きしそう
マイペース

浅利桂子（79歳）

光るもの
今や頭
だけになり

及川征海（83歳）

浴槽に
揺らぐ脱《ぬ》け毛《げ》の
阿《あ》波《わ》踊《おど》り

川添雅子（74歳）

断捨離が
すんで夫を
じっと見る

桜井てい子（72歳）

尽くし果て
夫は今や
引っ付き虫

山下洋子（66歳）

魅力ない
俺だがなぜか
妻がいる

加藤憲雄（79歳）

俺の案
全部反対
俺の妻

阿部弘（81歳）

はがき来た
忘れた預金
わぁやったぁ

松田瞭子（97歳）

街灯は
昭和の色や
八十歳

葛城 巖（84歳）

夕べの夢
ミニスカートで
ツイストを

鈴木和子（83歳）

亡き人が生き生きしてる再放送

小野幸子（85歳）

要支援
手すり付いたぞ
柚《ゆ》子《ず》風呂だ

浜野享吾（90歳）

人間は
惚《ほ》れなくなると
惚《ぼ》けてくる

酒井三千枝（77歳）

目覚ましに
生きてる今日を
教えられ

船瀬憲二（72歳）

ホーム友
「あの婆さんが…」
あんたもよ！

大友寛子（87歳）

爺《じい》食事
美味しかったよ！
婆《ばあ》生き甲《が》斐《い》

尾崎サカエ（92歳）

つまむより
突き刺して食う
爺の箸《はし》

島田正美（75歳）

甘酒を
一人味わう
ティタイム

押川地久子（80歳）

顎《あご》の髭《ひげ》
焦がし吹き消す
ケーキの炎

田中信義（87歳）

墓用意
戒名もろたが
迎えまだ

合田 隆（90歳）

冷蔵庫に
「リビング・ウイル」
仕舞ってる

坂部宏子（83歳）

好きな亡夫《おっと》
会いたいけれど
今はイヤ

神崎シゲ子（82歳）

死ぬ前に
馬鹿ババ演じ
ハイサラバ

岩見弥生（95歳）

怒らない 狛《こま》犬《いぬ》の上 ハトが乗る

出原雅子（71歳）

納骨堂
個室にしてと
言うババア

甲斐義廣（74歳）

両親と
祖父母の仏壇
仲はどう

島田順子（79歳）

共に住み
歳はとらない
仏たち

千石巌（94歳）

来年こそ
逝《い》った女房と
お花見じゃ

白木幸典（94歳）

それぞれに
タンポポ家族
散りました

宮脇和恵（97歳）

友が逝く
俺の弔辞は
誰が読む

衛藤憲清（87歳）

あの世から
お迎えまって
パーマかけ

松田瞭子（97歳）

最期の日
あなた《亡夫》に会えると
生きている

村井冨美子（87歳）

日が昇る
元気もらった
ありがとう

佐藤洋子（80歳）

太陽の
命を五ミリ
欲しくなり

渡辺不二夫（77歳）

何願う
仏壇の鈴《りん》
高し今朝《けさ》

衣鳩智恵子（77歳）

この空は戦う国に続いている

町田猶子（94歳）

【編者あとがき】

『みやぎシルバーネット』　編集発行人　千葉雅俊

あの人を笑顔にしたい！　そんな思いから、このシルバー川柳本を知人や祖父母にプレゼントしてくださる方も多いと思います。仙台圏で発行している小紙ですが、刷り上がったばかりの本紙を投句者でもある年上の女性にお届けして、談笑するのが楽しみという80代の男性がいます。90代の大阪の投句者の女性は、越したばかりの老人ホームから本紙の郵送をご依頼。職員や他の入居者の方を笑わせたいようです。「亡き○○さんの入選句を思い出して、救われた気持ちになりました」といったお手紙をいただいた筆者は、手紙をコピーしてご家族にお

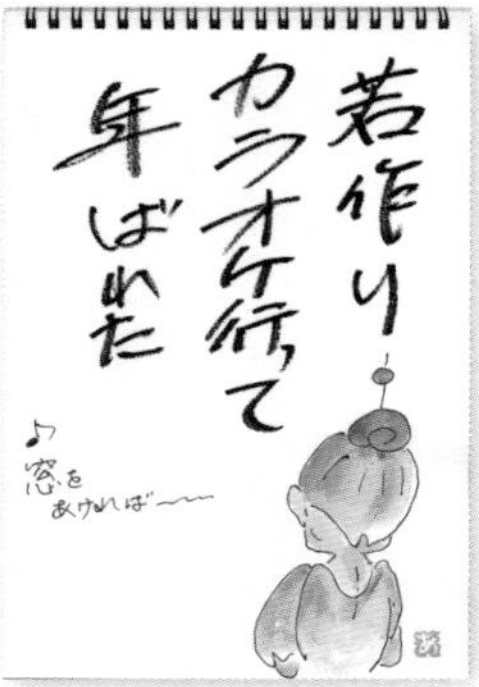

届けしたり……。

そうした川柳を通して生まれる交流に、大きな花が咲きました。この欄でご紹介したことがある菅原愛子さん

ひまわりデイサービスセンターの皆さん
（菅原さんの作品が掲示された壁面の前で）

（75）から、「お渡しください」と2冊のスケッチブックが送られてきたのです。中を開くと、仙台市内の老人ホームと東松島市にあるデイサービスを利用されている皆さんが詠《よ》まれた川柳が1ページごとに。そこにイラストが添えられていました。

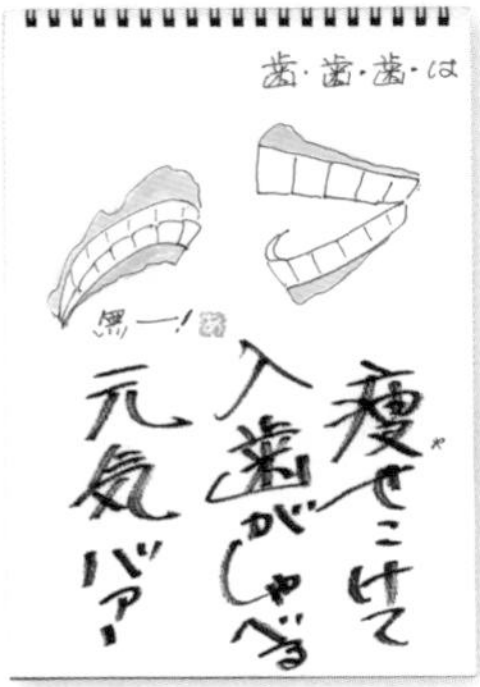

川柳をモチーフにしてイラストを描き続けている菅原さんですが、「いいな」と思って選んできた句の多くが、そちらの皆さんの詠まれた川柳だったことに最近気づかれたそう。スケッチブックをお届けすると、思いがけないプレゼントに皆さん大喜びです。お礼の手紙、川柳を書いた色紙、集合写真までお預かりして、菅原さんにお渡しすることができました。

「ユニークで素晴らしいすてきな絵ですネ。部屋に飾っておきます」（投句者の佐藤京子さん）、「川柳を愛する若輩者です。川柳の字といい、絵柄といい、素晴らしく感銘しました。これからもご活躍ください」（同、鈴木和子さん）。

菅原さんからすれば人生の先輩に当たる皆さんの作品は、両親の面影と重ねることができたりと特別に惹《ひ》かれるものがあったそうです。「これからも心を動かされる作品に出会えたら、描いていきたい」と菅原さん。

川柳は人と人との出会いを生んだり、交流を深める名人でもあるのですね。シルバー川柳で笑顔のキャッチボール、楽しみましょう！

河出書房新社「シルバー川柳」編集部

二〇二四年、二冊目のシルバー川柳傑作選、いかがでしたか。年三回のペースでシルバー川柳本を出していると、新しい視点や言葉選び、表現の句がそのうちなくなってしまうのではと、編集部では当初、少し危惧していました。

ところがどっこい、それは杞憂でした！　健康寿命が延び、シルバーの生活も少しずつ様変わり。以前は表に出さず心に秘めていた本音もだんだん口に出していい世の中に。何冊新刊を重ねても、常に新鮮な場面や思い、表現の句が皆さんから届き、毎度「ほほう！」と膝を打ちながら私たちも選句させていただいています。本音とアイデアの泉は尽きませんね！　五七五に乗せて心の内をつぶやけば、ネガティブなこともユーモアに変わったりするし、全国のシルバー読者の方と同じ思いを共有することもできます。どうぞ誰の目も気にすることなく、自由に心のままに、これからも川柳を作られ、ご投稿ください。光れジジババ！（失礼！　でも愛を込めてそう呼ばせていただきます）。これからもよろしくお願いします。

60歳以上の方の シルバー川柳、募集中！

ご投稿規定

- 60歳以上のシルバーの方からのご投稿に
限らせていただきます。
- ご投稿作品の著作権は弊社に帰属します。
- 作品は自作未発表のものに限ります。
- お送りくださった作品はご返却できません。
- 投稿作品発表時に、ご投稿時点での
お名前とご年齢を併記することをご了解ください。
- ペンネームでの作品掲載はしておりません。

発表

今後刊行される弊社の『シルバー川柳』本にて、
作品掲載の可能性があります（ご投稿全作ではなく
編集部選の作品のみ掲載させていただきます）。
なお、投稿作品が掲載されるかどうかの個別の
お問い合わせにはお答えできません。何卒ご了解ください。

あなたの作品が本に載るかもしれません！

ご投稿方法

- はがきに川柳（1枚につき5作品まで）、郵便番号、住所、氏名（お名前に「ふりがな」もつけてください）、年齢、電話番号を明記の上、下記宛先にご郵送ください。
- ご投稿作品数に限りはありませんが、はがき1枚につき5作品まででお願いします。

〈おはがきの宛先〉

〒162-8544
東京都新宿区東五軒町2-13
（株）河出書房新社
編集部「シルバー川柳」係

※2024年5月より、宛先の住所が変わりました。ご注意ください。

みやぎシルバーネット

一九九六年に創刊された高齢者向けのフリーペーパー。主に仙台圏の老人クラブ、病院、公共施設等の協力を得ながら毎月三五〇〇〇部を無料配布。高齢者に関する特集記事やイベント情報、サークル、遺言相談、読者投稿等を掲載。

https://miyagi-silvernet.com

千葉雅俊　『みやぎシルバーネット』編集発行人

一九六一年、宮城県生まれ。広告代理店の制作部門のタウン紙編集を経て、独立。情報発信で高齢化社会をより豊かなものにしようと、高齢者向けのフリーペーパーを創刊。シルバー関連の講演会などの活動も行う。選者を務めた書籍に『シルバー川柳』『超シルバー川柳』シリーズ（小社）、『シルバー川柳　孫へ』（近代文藝社）。著書に『みやぎシニア事典』（金港堂）などがある。

ブックデザイン　GRiD

編集協力　毛利恵子（株式会社モアーズ）
忠岡 謙　（リアル）

写真　ピクスタ　共同通信社　iStock

Special thanks　みやぎシルバーネット「シルバー川柳」読者、投稿者の皆様。
河出書房新社編集部に投稿してくださったシルバーの皆様

笑いあり、しみじみあり
シルバー川柳　光るジジババ編

二〇二四年六月二〇日　初版印刷
二〇二四年六月三〇日　初版発行

編者　みやぎシルバーネット、河出書房新社編集部
発行者　小野寺優
発行所　株式会社河出書房新社
〒一六二-八五四四
東京都新宿区東五軒町二-一三
電話　〇三-三四〇四-一二〇一（営業）
〇三-三四〇四-八六一一（編集）
https://www.kawade.co.jp/

組版　GRiD
印刷・製本　図書印刷株式会社

Printed in Japan　ISBN 978-4-309-03187-3

次号予告

次の
第25弾
シルバー川柳本は
2024年9月ごろ
発売予定です！

バックナンバーも好評発売中です。

～くわしくは本書の折り込みチラシをご覧ください～

「脳活シルバー川柳」本も
8月に発売決定！

お楽しみに♪

河出書房新社 Tel 03-3404-1201
https://www.kawade.co.jp/